Por Erica David

Scholastic Inc.

New York Toronto London Auckland Sydney
Mexico City New Delhi Hong Kong Buenos Aires

Published simultaneously in English as *Born to Be Wild*.

ISBN: 0-439-71575-X

Published by Scholastic Inc.

12 11 10 9 8 7 6 5 4 3 2 5 6 7 8 9/0

Printed in the U.S.A.
First printing, May 2005

La cebra Marty corría libremente por la selva verde y frondosa. Era una selva bellísima. Espacios abiertos... el viento en su crin... ¿qué más podía querer una cebra?

De pronto, una voz muy fuerte lo asustó. Era el león Alex que venía a felicitarlo por su cumpleaños. Marty miró a su alrededor. No estaba en la selva. Estaba en casa, en el zoológico. Al mirar su mural había empezado a soñar despierto.

—Todos los años es lo mismo —suspiró Marty—. Estoy aburrido.
Alex le sugirió que renovara el espectáculo que solía ofrecer en el zoológico.

Cuando el zoológico abrió las puertas, la gente se aglomeró alrededor del corral de Marty. Él decidió añadir nuevos movimientos a su actuación. Hizo el paso de la luna. Hizo ruidos con sus axilas.

Hasta simuló ser una fuente y roció a la multitud con agua.

Marty había cambiado su actuación, pero seguía disgustado. Solo se animó cuando aparecieron unos pingüinos en su corral.

—¿Adónde van? —les preguntó Marty.
—Vamos en busca de la libertad —dijo un pingüino.
—¿La libertad? ¿Se puede ir allí? Creía que solo era un sueño —dijo Marty.

Esa noche, Marty sopló las velas de su pastel de cumpleaños.

—¿Qué deseo pediste? —preguntó Gloria la hipopótamo.

—¡Quiero ir a la selva y ser libre! —contestó Marty.

—¡Eso es una locura! —gritó la jirafa Melman—. ¡La selva da miedo y además, está llena de gérmenes!

—Marty, eres mi mejor amigo —dijo Alex—. ¿Vas a abandonar a tus amigos por irte a la selva?

Por la noche, Marty tuvo una idea. Iría a explorar la ciudad, tomaría el tren a la selva y estaría de vuelta por la mañana.

HUDSON LINE DEPARTURES
CROTON HARMON
POUGHKEEPSIE
CROTON HARMON
POUGHKEEPSIE
on time
on time
THE CONCOURSE
ROCKEFELLER CENTER

En el zoológico, sus amigos descubrieron que Marty había desaparecido.

—¿Ahora qué hacemos? —dijo Melman.

—Tenemos que ir a buscarlo —dijo Alex.
—Si en el zoológico descubren que se ha ido, ¡se meterá en un lío! —exclamó Gloria.
Los tres amigos solo tenían una opción: ¡escaparse del zoológico para ir a buscar a Marty!

Alex, Gloria y Melman se fueron en metro a buscar a su amigo. A los pasajeros del metro les daba miedo estar sentados junto a un león, una hipopótamo y una jirafa, pero los amigos del zoológico no se dieron cuenta de esto. Estaban demasiado ocupados buscando a Marty.

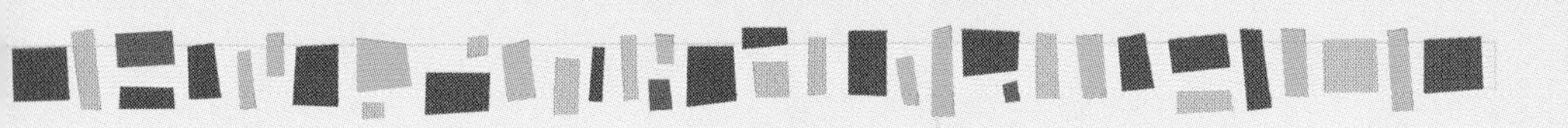

PARTY

Alex, Gloria y Melman encontraron a Marty en la estación de tren. Desgraciadamente, la policía también lo encontró.

Alex trató de explicar la situación para que no hubiera problemas, pero no sirvió de nada. ¡Los capturaron a todos, incluidos los pingüinos!

Al día siguiente, metieron a los cuatro amigos en cajas de embalaje y los embarcaron rumbo a África.

—Mira lo que has hecho, Marty —protestó Alex.

—No es culpa mía —dijo Marty.

—Sí que lo es. Nosotros vivíamos muy bien en el zoológico —dijo Alex—. La gente nos cuidaba. Y ahora nos están echando de aquí porque tú querías ser libre.

El barco que llevaba a los animales dio un giro brusco. Las sogas que sujetaban las cajas se rompieron. ¡Y Marty y sus amigos cayeron por la borda!

Las olas arrastraron a Alex, Gloria y Melman hasta una isla. Nadie podía encontrar a Marty.

—¿Dónde podrá estar? —se preguntaba Alex.

Justo entonces, Marty apareció haciendo surf sobre el lomo de dos delfines.

Ahora estaban todos juntos. ¿Pero dónde estaban?

—Espacios abiertos —notó Melman—. Debemos de estar en el zoológico de San Diego.

Pero no estaban en San Diego. Estaban en la selva. Marty era el único que parecía contento. Pensaba que la selva era maravillosa.

—¡Esto no habría pasado si tú no te hubieras empeñado en ser libre! —rugió Alex. Dibujó una línea en la arena y señaló a Marty.

—¡De ahora en adelante tú te quedas en *ese* lado de la isla! *Este* lado es para los que nos gusta Nueva York y queremos volver a casa —dijo Alex.

Alex construyó una estatua para que sirviera como señal a algún barco de rescate. Por accidente, Melman le prendió fuego y la estatua acabó hecha cenizas.

Marty se quedó en su lado de la isla. Pescó, hizo una fogata y hasta se construyó una casa. Gloria y Melman vieron lo contento que estaba Marty y decidieron ir a su lado de la isla, al lado divertido.

Alex se sintió abandonado. Echaba de menos a sus amigos.

—Siento haberte echado la culpa —se disculpó con Marty—. ¿Crees que yo también podría ir al lado divertido?

—Claro —dijo Marty—. Siempre hay sitio para uno más.

Aquella noche, los cuatro amigos se sentaron cerca del fuego y comieron algas pinchadas en un palo.
No tenían buen sabor, pero era divertido volver a estar juntos.

Al día siguiente, Alex descubrió algo y se lo mostró a Marty.

—¡Miren qué vista! —gritó Marty—. ¡Es como mi mural del zoológico!

Gloria, Alex y Melman contemplaron el paisaje. Era bellísimo. A lo mejor, después de todo, podrían acostumbrarse a la vida en la selva.